沈从文读库 凌宇 主编

诗歌卷

萤火

沈从文 著

CNS 湖南文艺出版社

VOL.5

图书在版编目（CIP）数据

萤火 / 沈从文著. -- 长沙：湖南文艺出版社，2024.3
（沈从文读库）
ISBN 978-7-5726-1451-4

Ⅰ. ①萤… Ⅱ. ①沈… Ⅲ. ①诗集—中国—现代 Ⅳ. ①I226

中国国家版本馆CIP数据核字(2023)第186734号

沈从文读库
萤火
YINGHUO

作　　者：沈从文
总 策 划：彭　玻
主　　编：凌　宇
执行主编：吴正锋　张　森
出 版 人：陈新文
监　　制：谭菁菁
统　　筹：徐小芳
责任编辑：向朝晖
书籍设计：萧睿子
插　　画：蔡　皋
排　　版：刘晓霞
校对统筹：黄　晓
印制总监：李　阔

出版发行：湖南文艺出版社
（长沙市雨花区东二环一段508号　邮编：410014）
印　　刷：湖南天闻新华印务有限公司
开　　本：880 mm × 1230 mm　1/32
印　　张：7
字　　数：127千字
版　　次：2024年3月第1版
印　　次：2024年3月第1次印刷
书　　号：ISBN 978-7-5726-1451-4
定　　价：38.00元
（如有印装质量问题，请直接与本社出版科联系调换）

沈从文读库·序

凌　宇

作为一代文学大师，沈从文在中国现代文学史上，具有举足轻重且无可替代的地位。早在20世纪30年代，沈从文即被鲁迅称为自“五四”新文学以来“最优秀的作家”之一，且被同时代作家视为“北京文坛的重镇”。尽管在1949至1979年间因“历史的误会”，他的文学作品遭遇了被冷漠、贬损，且几乎湮灭的运命，但自20世纪80年代以降，对沈从文及其文学成就的认识，就一直“行情上涨”，并迭经学术界关于沈从文是大家还是名家、是否文学大师之争，其文学史地位节节攀升。如今，随着研究的不断深入与拓展，沈从文已毫无疑问地成为现代文学史上不可绕过的重要存在。湖南文艺出版社拟出的这套《沈从文读库》，共12卷，涵盖沈从文的小说、散文、游记、自传、杂文、文论、诗歌以及书信等，全面展示了沈从文文学创作的丰富面貌。

沈从文的文学成就，首先在于他构筑了堪与福克纳笔下的“约克纳帕塔法”世系相媲美的湘西世界，并以此为原点，对神性——生命的最高层次进行诗性观照与哲性探索。20世纪20年代末至30年代中期，在《神巫之爱》《月下小景》这类浪漫传奇小说和《三三》《萧萧》等诸多乡村小说中，沈从文成功地构建起一个“神之存在，依然如故”的湘西世界。与之对照的，则是以《八骏图》为代表的都市题材作品中所展现的城里人的生存情状。以人性合理与否为基准，沈从文对城里人的生命状态进行批判，并因此将现代社会称作“神之解体”时代。然而，沈从文对人性的思考，并没有停留在“城里人—乡下人”的二元对立框架，在理性层面完成他的都市批判的同时，也完成着他对乡下人的现代生存方式的沉重反思。沈从文以湘西为题材创作的一个重要组成部分如《柏子》《会明》《虎雏》《丈夫》等，都是将乡下人安置在现代社会环境中叙述其命运的必然流程。在《边城》《萧萧》《湘行散记》等作品中，沈从文既保留了对乡下人近乎自然的生命形态的肯定，又立足于启蒙理性角度，书写了这一“不悖乎人性”的生命在现代社会的悲剧命运，一种浓重的乡土悲悯浸润在作品的字里行间。

不过，面对令人痛苦的现实，沈从文既没有如同废名式地从对人生的绝望走向厌世，也没有如同鲁迅式地走向决绝的反传统，他所寻觅的是存在于前现代文明中的具有人类共有价值的文化因子，并希望他笔下人物的正直与热情“保留些本质在年青人的血里或梦里”，以实现民族品德的重造。这一思考，在20世纪40年代达到顶点。面对大多数人重生活轻生命，重现实实利而从不“向远景凝眸”，在一切都被“市侩的人生观”推行之时，沈从文希冀来一次全面的“清洁运动”，用文字作工具，实现民族文化的经典重造。他不仅在抽象层面对生命与自然、美与爱、生与死等进行一系列哲性探寻——这导致他在这一时期创作了《烛虚》《水云》《七色魇》等大量哲思类散文；同时也在具象层面积极介入社会现实，对青年、家庭、战争、文学、政治等具体问题进行探讨——此期杂文和文论数量明显增多。他对生命的思考，也就由最初的湘西自然神性转入对普泛意义上的人类生命神性的探索。他以“美”与“爱”为核心，力图恢复被现代文明压抑的自然生命，在“神之解体”时代重构生命的理想之境，这在某种程度上也使得他的文学思想得以超越当时具体的历史境遇，而指向对民族未来乃至人类生存方式的终极关怀。

1949年后，沈从文将主要精力转入文物研究，但他的文学思考并未止步。他在清华园休养期间的“呓语狂言”，如《一个人的自白》《关于西南漆器及其他》等，是他对自我精神和思想的深入解剖，其风格近似20世纪40年代的抽象类散文。他与张兆和的不少信件，如其中对《史记》的言说，对四川乡村风物的叙述，对文学艺术的看法等，都可视作书信形式的散文。这些文字勾勒出沈从文试图改造自我以适应新社会，与坚守自我、守望生命本来之间矛盾复杂的思想轨迹，这一矛盾既表现在他的文学观上，也体现在他的人生观上。

时至21世纪，科技日新月异，人工智能时代已经到来，然而人类并没因此解决好自身的问题，相反，经历了新冠疫情并进入后疫情时代的人们陷入更大的生存困境。在科技发展到顶峰之时，人类又将何去何从？今天的人们同样面临着沈从文当年所面对的种种问题。而他的诸多思考，如对进入现代工业文明以来人类不断背离自我、背离自然的反思，对现代人“所得于物虽不少，所得于己实不多”的状态的审视，以及强调哲学对科学的补救、对历史作“有情”观照等，都具有一种独特的眼光和前瞻意识，对当下与未来的中国乃至世界依然具有重要的启示。

沈从文曾说，“在一切有生陆续失去意义，本身亦因死亡毫无意义时”，唯有文字能“使生命之光，煜煜照人，如烛如金”。他希冀借助文字的力量，“重新燃起年青人热情和信心”，让高尚的理想在“更年青的生命中发芽生根，郁郁青青”。经典从不过时，相信今天的人们仍能从他的作品中获得启发，有所会心，这也出版这套文库的目的所在。

目 录

谣曲

新诗

旧体诗

谣 曲

乡间的夏

（镇筸土话）

嗯，嗯，真是！
　北京的夏天热得难过，
　　有些地方的夏天蚊子又多。
我心里想：
　只有我乡里那种夏天，
　躲伢仔[1]整天把身子泡到河中间。

是吗！躲伢仔到水中去
　摸鱼，筑坝，浇水，打哈哈。
看热闹的狗崽它倒“温文尔雅”

1．即小孩。

在那刺栎树下摇尾巴。
清闲无事的要算那些桑树园里小鸡公，
怪讨嫌——怪可恶，
它们正因其“游手好闲”在那里相骂相哄。
好多家家伙伙都在热烘烘的太阳下睡了，
——活落！活落！——

莫打眼闭[1]的怕单单剩那条躲躲儿小河！
咦，我真忘晕了！
我错，我错，
河岸傍边竖矗矗站起的那个水车
不是“咿呀——咿噫呀”正在那里唱歌?!

您妈[2]，天气又不好热！
天气是这样热，
一个二个都愿意来大树下歇歇；
歇憩的是些苗老庚，

1. 即瞌睡。
2. 同“妈的”一样，带骂人口气。

他们肩膊上扛了些柴米油盐——

扛了些青菜萝卜赶进城。

那个晓得他们为的什么事？

或者是热气攻心，

或者是赶路要紧：

老庚们一个二个，

脑壳上太阳边汗水珠像黄豆子大颗大颗。

大家揩脑壳上的汗，

大家吃荷包里的烟，

大家到水井旁去喝两瓜舀凉水，

事情不忙的

也狠可以随便倒到岩条子上去睡。

树子下有的是粕粕同甜酒，

（拿甜酒来淘凉水那又不对路！）

卖甜酒的口比缸子里甜酒还更甜，

但萧太爷的筵席

（吃得也好，吃不得也好）

吃完后他同你说“赊账免言”——

任是他亲舅子也要现过现。

（倘若是）一个生得乖生乖生了的
代帕，阿妍[1]过道，
你也我也就油皮滑脸的起来捋毛[2]。
轻轻地唱个山歌给她听，
（歌儿不轻也不行！）
——大姐走路笑笑底，
　　一对奶子俏俏底；
　　我想用手摸一摸，
　　心里总是跳跳底。[3]——
只看到那个代帕脸红怕丑，
只看到那个代帕匆脚忙手。

最有精神（像吃了四两高丽参）的

1. 代帕为苗姑娘，阿妍为苗妇人。
2. 捋毛，即开玩笑。
3. 这是一首极好听的山歌。

只有几只鸡鸭屎[1]，

一天到夜坐到那树头上

高喉咙大嗓子吟诗。

饭蚊子最不中用；

饭蚊子但会指脚抓手：

它在那些打鼾的老庚脸上，

讨厌死人却打也打不走。

看到太阳落了坡，

看到牵牛的代狗走过河。

看到茅屋顶上白烟起，

这时的蚱蜢，蟋蟀——绿蛤蟆，

一起（眼屎懵懂）唱歌。

六月不吃观音斋，

打个火把就可跑到河边去照螃蟹：

“耶㗾耶㗾——拏拏唉！

---

1. 鸡鸭屎，即蝉，以音相近。

今天螃蟹才叫多，

怎么忘记拿箩箩？”

六月二十日于北京窄而霉小斋

初 恋

到阎王殿去抽陀螺，
这意思我不说妈同爹都不知道。
抽，抽，抽，抽，
陀螺在地上转成一团风了；
还是抽，抽，抽，抽。

我身子好像也慢慢转起来，
我身子好像也慢慢转起来——
　似乎也变成一个陀螺了！
因为庙里那个年青青底尼姑，
一对亮晃晃底眼睛，
同我手中这条小鞭子一样。

“师父嗳，师父嗳，
你莫要抽了吧！

你再抽我，我回家去就会大哭！”
师父莫有听我的话，
我脸庞儿绯红偷悄悄跑回家，
师父的鞭子我实在怕！

我梦里常常变成一个躲陀螺，
　是敷有金赤美丽颜色的精致陀螺，
在年青的师父鞭子下最活泼的旋转，
在年青的师父手上卧着歇憩：
师父底梦我不知，
但是，我一到阎王殿，
师父的鞭子就在我身上抽来抽去。

一个夏天的时光都消磨到阎王殿那片三合土
　　的坪上了，
别人说我爱抽陀螺成了癖。
这意思我不说爹妈都不知道：
我是跑去到那里让年青的师父用鞭子抽我底。

十四年七月，于北京

谣曲选录

1

大姐走路笑笑底，
一对奶子翘翘底，
我想用手摩一摩，
心里只是跳跳底。

2

天上起云——云重云，
地下埋坟——坟重坟，
姣妹洗碗——碗重碗，
姣妹床上——人重人……

3

姣妹生得白又白，

情郎生得黑又黑，

黑墨写在白纸上，

你看合色不合色？

4

姣妹十八郎十七，

口口骂郎无年纪！

大山木叶有长短，

那得十指一般齐？

5

姣妹挨打郎知因，

根根打到姣的身！

火烧青山不敢救，

脚踏团鱼痛在心！

6

报你歌，报你歌，
报你老子讨苗婆，
讨得苗婆养苗崽，
（让你）三爷四崽唱苗歌！

7

早晨吃饭饭不行，
出门撞着唱歌人；
拿你好歌唱几首，
“阳雀过路远传名”。

8

山歌好唱难起头：
（犹如）木匠难起吊脚楼——
岩匠难打岩狮子，
铁匠难打铁绣球！

9

一把扇子二面黄，
你当舅子我当郎——
你当舅子有酒饮，
我当新郎有婆娘。

10

一株桐子五尺高，
我吃豆荚你吃苕；
豆荚请你大姊煮，
莫有红苕吃我屌。

11

你歌莫有我歌多，
我歌共有三只牛毛多！
唱了三年六个月，
刚刚唱完一只牛耳朵！

12

隔田看见辣子青，

辣子辣肚又辣心！

同床夫妇妹不想，

露水夫妻想坏人。

13

隔田看见辣子黄，

辣子辣肚又辣肠！

同床夫妇郎不想，

露水夫妻想坏郎。

14

太阳落坡坡背黄，

坡后（飞出）两只野鸡娘——

只见鸡娘来引崽，

不见姣妹来望郎！

15

十字路前难等姣，

露水坐干草坐痨；

脱下草鞋来占卦，

那个偷了有情姣？

16

芭茅草——草芭茅，

十四下水十四浮；

你要下水都下水，

半浮半沉想成痨！

17

娇家门前一重坡，

别人走少郎走多；

铁打草鞋穿烂了，

不是你——为那个？

18

行近姣身郎喜欢，
越行越行越拢边，
好似龙王得了宝，
好似秀才做了官。

19

小小麻雀才出窠，
一翅飞到田落角，
只有麻雀胆子小，
看到谷黄不敢剥。

20

青山画眉青山叫，
不是鱼儿不上钓；
劝你情哥莫胡思，
不是姻缘不上套。

21

天上起云朵朵蓝，
报妹归家要耐烦；
莫拿丈夫打骂你，
莫把小郎挂心尖！

22

开残口，动残心，
跟你姣面前求个情！
（可怜我）好似八月油麻开残口，
墙上跑马难转身！

23

有心上树不怕高，
有心联姣不怕刀；
那怕一刀（把脑壳）砍下地，
还有魂儿可近姣！

24

唱个山歌把姣兜，
看姣抬头不抬头；
马不抬头吃嫩草，
人不抬头少风流！

25

姐呀！十七十八正当时，
你不联郎到几时？
阎王取人无老少，
怕你黄土盖脸悔后迟！

26

你要联人就联人，
莫学看牛伢崽望草坪，
高坡平地一样草，
贫穷富贵一样人！

27

因为萝卜踹死菜，
因为姐好才起心；
起心不自今日起，
萝卜下种到如今！

28

莫要慌，莫要忙，
一天日子几多长！
请你过来歇歇憩，
莫有猪草我帮忙。

29

你莫慌，你莫忙；
太阳落了有月亮；
月亮落了有星子；
星子落了又天光！

30

十八大大我的哥，
看到日头落了坡！
妹要回家烧夜火！
纵无丈夫有公婆！

31

十八大大你莫莽，
姻缘莫落这一方！
火内烤粑各有主，
劝你莫要乱思量！

32

十八大姐我要莽，
姻缘落在这一方！
火内烧粑那有主？
求亲只要人在行！

33

大田大坝栽葡萄，

葡萄长成万丈高。

只要情哥心有意，

那怕十天走一遭！

34

三根枫木一样高，

枫木树下好联姣！

联尽许多黄花女，

佩烂许多花荷包！

35

路旁井水凉幽幽，

有人吃来无人修；

小郎有心来修起，

又恐井水不长流！

36

捡柴要捡竹子柴，
竹子去了笋又来；
联姣要联两姊妹，
姊姊去了妹又来。

37

枫木开叶叶三角，
报郎采花莫采多！
联姣若联两姊妹，
天天会要吵长伙！

38

戴花要戴满脑红，
吃烟要吃三五筒；
联姣要联三五个，
这个冷淡那个浓。

39

新打锄头两只角，

报郎联姣莫联多。

天上星子多多是无用，

半边明月照江河！

40

早晨上坡坡又长，

半坡有个土地堂，

土地公公问我要钱纸，

我问土地公公要婆娘。

41

久不会，姐莫怨！

久不会，姐莫淡！

莫拿花园与别人，

莫学高粱红了眼！

莫学高粱红了眼，

莫学花椒黑了心！

莫学灯笼千条眼，

（我们是）火烧蜡烛一条心！

你要学竹子朝上长，

你莫学马鞭千条根！

你要学斑鸠回到老，

你莫学阳雀叫半春！

尾声

你歌莫有我歌多，

我歌共有三只牛毛多；

唱了三年六个月，

还只刚刚唱完一只牛耳朵！

十五年十一月

完成于北京之窄而霉小斋

春

男——你这天上工匠打就的青年女人，
你端端正正呆在我面前是一桩功果，
我将你正面的瞧，侧面的看——
看清了你脸上身上雕凿的痕迹。

夕阳的柔明颜色是配你眼睛的材料，
你的发和眉都是峒神用黑夜所搓成的。
你像羊样想要瞒了你的牧人躲到别处时，
你把脚迹混在别的人里我也仍然分辨得清楚。

田坝上三月间草地莓那样新鲜，
在你面前人的嗜好却变了。
从初出水面那苇子里剥出的笋肉，

比起你来简直老得同木头一样。

女——这不是你可以唱歌的地方远方的人哪。
乡长的女儿是不能受人欺侮的。
我的长工可以把你吊起来打你的背，
使你得一些在生地方缄口的教训。

男——我分不清这是一只云雀在叫还是别的声音，
使我的血感受春天的气息是你的言语。
我把我所有的妒嫉全扔给你的羊群，
它们却请得到这样好保姆一个。

你的装饰只适宜于用早上的露珠，
因为这是神给予玫瑰的私产。
有了年纪的上帝有些地方真有些私心，
他给你就比玫瑰多了些爱情和聪明。

你同羊同鸽子分担了人类的和平，
神又赋你一个独有的奶油抟成的身躯，
年青的人，把你那害羞的腼腆收藏吧，

让远方人好完成他最高的崇敬！

女—— 乌鸦要找它可以休息的树林，
得先看林里是不是可以停翅。
这里规矩是为远方人特备有荆条和绳索，
用来酬答那不知检点的外乡蠢人。

男—— 我知道玫瑰花旁少不了那些刺。
我不是那种怕伤手背的懦怯汉子。
我要得的是你女神第一次的爱情，
用生命同爱来赌博是一桩值得的慷慨。

一只黄莺装做虎叫是吓不了我，
你那喉咙我看最好是去赞美春天！
远方人感情沉溺在你的声音里，
正如同为春风为醇酒所醉的一个样！

神把你今天安置在大路边旁，
就怀了些不安分的害人心思：
它使一个远方人提起了久忘了的饥渴，

又使他在未来路上还负了些温柔累赘！

女 —— 走路的千千万万人岂止你一个？
我愿自在大路上放羊也不是今天！
我又不嗾我公羊拦了你的路，
你怎么坐下来唱了又唱还不走？

男 —— 你唱歌的天才必定是同画眉一个师傅的。
百合花颤抖时正像你发怒的身材。
你的家私因了你的节俭真是太丰富，
看你嗔骂也居然迸出许多爱情了！

你纵把你镰刀当真举起也会又放下，
镰刀用处原是割除脚边的茨果。
若是你认真当我是讨厌的蒺藜，
把你那爱情的火燃起就有了。

天生的柔软臂膀原是用它来搂人，
嘴唇若不是为接吻也不必红了。
你看那坡下头褥子样的青草坪，

因为无人才让你羊群去打滚！

女 —— 挑水洗菜也用得着我的臂膀，
吃饭说话才是要嘴唇去做事！
毛毛针比人的臂膀总还要软，
映山红花满坡满林同它去亲嘴？

男 —— 雀儿，我不是个白脸长身的诗人，
怎么能同你一只山麻雀辩论争持？
我看出在你面前同在神面前一样，
你能送我一桩赏号于你又无损。

公山羊母山羊都明白要用何种仪式去答谢
　　春天，
这仪式我们也可以在草地上来采用。
打雷落雨是上帝派来警醒草木的口号，
春风只是特来吹一些温暖爱情到人的心当中。

你看你母山羊是怎样爱她的小羊崽，
小羊崽叫喊时使母山羊快要发了疯；

母样的爱在你心里也是日益儿滋长，
我们自己的“小羊”还应由我们精细来创造！

女——你这野话我是真真不愿再听了，
我将要到溪水边洗半个月的耳。
我疑心你是有那“雷打火烧”一样的顽皮，
你远方来的茨球怎么却不为本乡女人带了去？

男——我请求这一春的阳雀替我来表示诚心，
我请求你许我有机会去你门前踏破那双铁
草鞋。
爱情的呼吁决不会在少女心中变成污浊，
人们从不打算去掩耳避开蝈蝈的叫喊。

山坡上同一时候原开了千种万种花，
火灶里同一时候原烤了千种万种粑；
用牛肉切成细细丝炒了韭菜吃，
这当看各种味道有各人的爱！

我到你家去为你照料那不驯的公牛。

打麦割禾一个长工的事情我件件都会作。
用鸡罩捕鱼是我家传的职业。
酿酒的工作我能够包使你爸爸满意。

你可以从油榨旁边证明我强健。
耕田时你的大水牯我总决不会叫他累坏。
你们不用再害怕偷包谷的野猪娘。
到冬天时你爸爸会能得狼皮作褥子。

在你脸上我能猜想你爹比你还和平。
我将替你把羊群赶到栏里去。
你们楼上头就可以够我睡下来。
干稻草做垫褥是我乡下人惯用的东西。

女——你这远方人是一个骗子，我知道。
你的话上涂了蜜，话的内面包有黄连作馅。
一个会说话的人爱情原只在口上，
心中有爱情积蓄的人口却像哑子。

流水会唱歌它却一去不回头，

紫金藤搂抱着松树那里说过话？
我断你这里少年是在溪边长大的，
唱完一首歌你就要走了，这是从水学的乖。

男——请你剥我的皮，刿我的心……
（抱）让这紫金藤永远缠在你身上吧。
我知道"燕子衔泥口要紧"，
我能学"鹭鸶夹鱼过大江"。

我是在摇动一株含羞草的身躯？
我是在坐乌油篷船顺水下驶七里滩？
喔，好人，请你同卧青草坪坝上，
你瞧天上绵羊莫有人看也不会走去！

女——"你莫学坡上高粱红了眼！
你莫学园里花椒黑了心！
你要学大山竹子朝上长！
我们是千条蜡烛一条芯！"

"白果好吃白果浓，

和你结伴莫露风！
九头鸟会叫被人打，
窝落鸡（蜘蛛）有丝在肚中！”

男——你眉毛弯弯我就知道你会唱歌，
你让我拜你做个歌师傅：
“枫子到时终须离枫枝，
它将逐白云缓缓过山去！”

女——“大田大坝栽葡萄，
葡萄长成万丈高，
只要情哥心有意，
那怕十天走一遭！”

男——你试到溪边去照你自己的影，
谁为你在脸上开了两朵“映山红”花？
你头发长得这样长这样柔，
缚了我的心我想脱也不能去！

女——“头发乱了实难梳，

冤家结了实难丢，

（哭）……

……”

完于六月十日

黄 昏

我不问乌巢河有多少长，
我不问萤火虫有多少光；
你要去你莫骑流星去，
你有热你永远是太阳。

你莫问我将向那儿飞，
天上的岩鹰鸦雀都各有巢归。
既是太阳到时候也应回山后，
你只问月亮“明后里你来不来?”

伐檀章今译

（用湘西镇筸土音试译）

托托托托砍得檀，
放到大河河坝前——
　河水清清水泡圆。
灰不秄，种不撒，
哪那捡得这禾线三百把？
山不赶，围不下，
为什么看你家屋上狐狸挂？
你们是老爷，
吃斋可不来！

托托托托砍到椏，
放到大河河坝下——
　河水清清水花大。

秧不插，田不耕，
哪那捡得这禾线三百根？
山不赶，围不下，
为什么看你家屋上牛崽挂？
你们是老总，
吃斋可不懂！

托托托托砍得根，
放到大河河坝坪——
　河水清清水波长。
锄不拿，犁不摸，
哪那捡得这禾线三百棵？
山不赶，围不下，
为什么看你家屋上鹌鹑挂？
你们是老罐，
吃斋可不愿！

还 愿

——拟楚辞之一

锣鼓喧阗苗子老庚酬傩神，
代帕阿好花衣花裙正年青：
舞若凌风一对奶子微微翘，
唱罢苗歌背人独自微微笑。

傩公傩母座前唢呐呜呜哭，
在座百人举箸一吃两肥猪[1]。
师傅白头红衣绿帽刺公牛，
大缸小缸舀来舀去包谷酒。

三月二十八日

1．吃两肥猪，“吃猪”和“吃牛”系苗乡以往祈禳鬼神、除病求子的两大祭祀活动。“吃猪”又称椎猪，“吃牛”又称椎牛。

新 诗

春 月

虽不如秋来皎洁，
　但朦胧憧憬：
又另有一种
　凄凉意味。

有软软东风，
　飘裙拂鬓；
　　春寒似犹堪怯！

何处浏亮笛声，
　若诉烦冤，
　　跑来庭院？

嗅着淡淡荼蘼，

人如在

黯淡烟霭里。

失路的小羔羊

妈，你的话是哄我的！
在我小小的时候，
梦里见到翠柳丫头做鬼脸吓我，
　大哭了醒来，
你却说“这不用怕，明是翠柳那顽皮东西装的”；
我信了你的话到如今。
但是，妈呵！
你孩子也这样大了，
究竟人的真脸是怎么样子呢？
我还没有看见！
到处人人装鬼脸吓我，
　却同当年的翠柳一样：
妈，你的话是哄我的吧？

长河小桥

——宁河道上所见

在一夜的散碎雨声里，
黄泥水把小小河床装得满满的了。
两岸碧翠的芦苇是接连着接连着。
说是那小的白帆呢，
都浮到蜿蜒于绿野平原中的河流上面
轻轻的若无其事的滑去。

沟洫里的细流，
涓涓汩汩地高兴跑着。
小到同鸡毛帚子相似的稚柳，
排对子并列着摇动它们的头。
怎么没有一只鸟来唱歌呢?
想是都睡着了。

青绢包头的蓝衣妇人，
把簸簸内的粱米散给那些围在
　　她身边的小鸡做午餐时，
伊是坐在一株槐树下的石碡碌上的。

擦身而过的骡车，
灵隆隆隆的响在背后去了！
纱帘下映着的少女底粉脸，
是谁家培植的花木呢？
同雨后的五月天气一样新鲜。

大端阳于宁河县传达处门边

余 烬

一

一自用火烘出来的那些诗人如像唐火般倏而消灭后，
虽然乌鸦与麻雀还是到处飞着，
世界终于清静许多了。

二

从西河沿杨柳下踱回时，
我只是想到把生命怎样去挂到那些像女人裙子
　　飘动着的柳树上面。

三

朋友把些热情嵌进我心中时，

我便觉到这生是有意义的，
然而，那些妖精似的女人呢，
她会嵌进你心里也会剜出来。

四

一群游手好闲的平常人，
在人生的歧路上徘徊着徘徊着不知所措：
最后把艺术攫到手了，
毕竟都不是傻子呵！

五

小孩的哭能使人发笑，
于是许多头发白了的老少年也时时在那爱哭的人面前
　　装着细声的哭。

六

狗摇着尾巴谄媚着主人。
人呢？
人不摇动他的尾巴去谄媚死去的世界给我们那尊偶像，
人便如野狗般不为人打死也会饿死了。

七

在遗忘里，
几个同在某段人生道上碰到的朋友都若死去，都若
    无生。
谁个又当真生过呢，
除了他去用灵魂搂抱着当时的热情。

八

傻子从自己思想里找一切，
聪明人从别人的思想里找一切。

九

北京的六月的雨呵，
虽然大也坏不了许多墙垣。

十

爱人：我喜欢你了！
混账：我骂你了！
该死的：我诅咒你了！

人的耳朵未免太信任口了。

十一

钓鱼的人，

钩子悬着他的饵也悬着他的心。

十二

大家祝福着分别开去，

各人又回过头去把诅咒抛到朋友头上。

其实大家都是路人，

祝福与诅咒都不能长带着跑！

七月二十四日北京

其人其夜

闷闷闷，
困困困——
　为伊憔悴为伊病；

见见见，
恋恋恋——
　回眸波流魂已颤；

浅浅浅，
弯弯弯——
　眉是春山是远山；

醉醉醉，

迷迷迷——

　春莺语时故低低；

悄悄悄，

沉沉沉——

　如此良夜如此人；

曙曙曙，

去去去——

　“游丝不解留春住”；

疑疑疑，

息息息——

　剩有浸窗碧月碧；

拥拥拥，

空空空——

　残香余腻成梦中。

八月　于窄而霉斋

旧约集句

——引经据典谈时事

他们度日，诸事亨通——
他的奶桶充满，他的骨髓滋润；
小孩子出去多如羊群。

（一解总长）

“他救我脱离我的劲敌，把我从大水中拉上来。
“我追赶我的仇敌，打伤了她们，使她们不能起来。
“你救我脱离仇敌，又把我举起：
“因此我要在外邦中称谢你。”

（二解校长）

智慧人，可以用虚空的知识回答：
是因他的脸蒙上脂油，腰积成肥肉。

（三解教授）

所降的旨意传遍通国——
发诏书，通知各省，
使为丈夫的在家作主。
（四解部令）

凡受苦的人，都必加手在他身上——
要将忿怒像雨落在他身上。
（五解学生们的仇人）

希 望

我底希望也很平常，
我们俩同时沉没于海中：
但愿大洋里落日消沉时我们也同样灭亡，
那时节晚霞烧红了海水与天空。

我耳朵不用再听，
我眼睛不用再视——
虽然搂不着你灵魂，
你身躯毕竟还在我手里。

我不因失你而悲哭，
我不因得你而矜骄：
我腕臂搂箍中的你若欲他出，

除非是海水将我骨头蚀销。

九月二十三西山

我喜欢你

你的聪明像一只鹿，
你的别的许多德性又像一匹羊，
我愿意来同羊温存，
又担心鹿因此受了虚惊：
故在你面前只得学成如此沉默；
（几乎近于抑郁了的沉默！）
你怎么能知？

我贫乏到一切：
我不有美丽的毛羽，
并那用言语来装饰他热情
　的本能亦无！
脸上不会像别人能挂上点殷勤，

嘴角也不会怎样来常深着微笑，
眼睛又是那样笨——
　追不上你意思所在。

别人对我无意中念到你的名字，
我心就抖战，
　身就沁汗！
并不当到别人，
只在那有星子的夜里，
我才敢低低的喊叫你底名字。

二月于北京

残冬

　　横巷的这头，

　　横巷的那头，

徒弟们的手指解了冻，

小铺子里扬出之面杖声已不像昨日般生涩了。

朋友们中有人讨论到袷衫料子，

大路上的行人，已不复肩缩如惊后之刺猪，

街头屋角，留着既污之余雪。

电线上挂了些小小无所归的风筝，

孩子的心又挂在风筝上面。

轻薄的杨柳，

做着新梦——

梦到又穿起一身淡黄裙裳，

　　嫁与东风！

比梦还渺茫无凭据的，

是别处飞来的消息！

我的心，西伯利亚荒寒之一角，

长出了，一对青青的小小的嫩叶。

十五年元日

爱

自从我落地后能哭能喊之时，
把骄傲就一齐当给了你！
用谦卑的颜色在世上活着，
我不是为饼也不是为衣。

我跋涉过无数山河足生了胝，
大漠的风霜使我面目黧黑：
你呀，先要我向那些同类追随，
如今是又要我赶逐那些婴儿！

一切事一切事我都已疲倦了，
请退还我当给你那点骄傲：
——我将碰碎我的灵魂于浪女吻抱！

我将拍卖我的骄傲供我醉饱！

我将用诅咒代替了我的谦卑，
诅咒中世界一切皆成丑老！
我将披发赤足而狂歌，
放棹乎沅湘觅纫佩之香草！

三月七日西山

悔

生着气样匆匆的走了，
这是我的过错吧。
旗杆上的旗帜，为风激动；
扬于天空，那是风的过错。
只请你原谅这风并不是有意！

春天来时，一切树木苏生，发芽。
你是我的春天。
春天能去后归来，
难道你就让我长此萎悴下去么？

倘若你能来时，
愿你也偷偷悄悄的来，

同春一样：莫给别人知道，
把我从懵懂中摇醒！

你赠给我的那预约若有凭，
就从梦里来也好吧。
在那时你会将平日的端重减了一半，
亲嘴上我能恣肆不拘。

三月于北京

无 题

那洞主的女儿，我诅咒你，
赶快为你爸爸派来的人接去！
在静静的蹚到了地窖以后，
你将了解为你此时所不知的一切。

把快意分给了妒嫉你的女伴，
把肉体喂了虫蛆；
只留下那个美艳的影子，
刻镂在你情人的心上。

你情人心上留下的影子，
比夕阳在天空画的彩霞更其明白。
他坚固的搂着你青春的灵魂，

至于永远都不放松。

那时凭了力量把你占有的人，
用了金银造就的索练又缚到许多女人了！
假装的热情，
已如萤火样只剩了淡淡微光。

你可以用你在生烧不完的火焰，
（就是那从骨里放散燃烧着碧火的磷，）
烛照你所能照的周围，
证明我的话非虚。

“时间是如庞大的水牛，
在地球上走着，踏碎一切的青春。”
惟有你，因了你情人的诗歌将年青到永世——
倘若是星子和月亮还悬挂到天上时，
你的美艳的影子也会悬挂在人心中。

三月北京

梦

我梦到手足残缺是具尸骸，
不知是何人将我如此谋害！
人把我用粗麻绳子吊着项，
挂到株老桑树上摇摇荡荡。

仰面向天我脸是蓝灰颜色，
口鼻流白汁又流紫黑污血；
岩鹰啄我的背膊见了筋骨，
垂涎的野狗向我假装啼哭。

三月二十八日

云 曲

觑天上之白云，
身飘飞乎晴空：
此刹那之生存，
又倏然其无踪。
　得微雨以烘托，
　成美丽之长虹，
　或为轻烟雾蔽，
　卧于山麓林末。

绕峰峡而嬉戏，
于余固无乐也！
拥风雷而长征，
亦已成为昔梦！

爱月而不遮月；

近山而不倚山：

遁穷谷与洞壑，

伤此身之弱小。

呈小莎

“黑暗为曙色逼退于墙隅，
如战败之残兵。”
在你身边，我心中阴影亦逃走无余！
凡赞美日头的，适以见其人话语的拙劣；
若是唱着雅歌来赞美你，
那你情人反太傻了。

你是一切生命的源，
光明跟随在你身边：
对你的人都将哑着，
用对神样虔敬——
负着十字架在你身后的人，
将默默的让十字架木头霉腐。

我不学晨露中对黑暗嘲弄之喜鹊！
我只能同葵花样，向光明永远致其
　感恩的恭敬：
溪泉在涧中随意的唱歌，
我托它代达我的微忱。

三月十三日北京

X

妹子，你的一双眼睛能使人快乐，
我的心依恋在你身边，比羊在看羊的女人身边
　　还要老实。

白白的脸上流着汗水，我是走路倦了的人；
你是那有绿的枝叶的路槐，可以让我歇憩。

我如一张离了枝头日晒风吹的叶子；半死，
但是你嘴唇可以使它润泽，还有你颈脖同额。

五月十日一个做梦的晚上

囚 人

用灰色眸子睨视蓝的天空，
比诗人的幻想还更其深沉。
是蚂蚁缘阶排队徐行，
知时间又已深夏。

报时大钟，染遍了朋友之痛苦与哀愁，
使心战栗，如寒夜之荒鸡，
捉回既忘之梦。

白日在窗前嬉戏如一小儿。
怯怯弱弱将手置于窗棂，
接受日光，温暖成冰之心。
白日复不顾而他去了。

不必恣意从双瞳流不竭之泪，
不必忆念既已消失之幻影，
数长夜更夫柝声，嗅土窖湿霉气息，
让头发成雪心意成灰！

三月西山

寄柏弟

用白眼睨彼苍穹，数月边明烁星子，
我们同是俘虏，同是囚人。

桎梏永系心头，行动累赘。
为装饰世人慈悲，是我们活着的意义！

把眼泪拭尽，莫使睫边常是润湿！
待爱你的人，得在你心头轻轻走过，免为滑倒。

以拭泪之瘦手摸索！——前进，
　不用春天，不用光明；
到饥疲使你僵仆，让喉咙喑哑，
　不用怨诅，不用呻吟！

林间之微风会为你叹息，于你死后！

地载天覆，同情之群蛆或亦不汝弃！

五月廿五日西山

萤 火

雨休息了，谢谢它：
今夜不再搅碎我的幽梦。
我需要一个像昨夜那么闪着青光的萤虫进来，
好让它满房乱飞，
把柔软的青色光炬，
照到顶棚，照到墙上。

在寂寞里，
它能给人带进来的安慰，
比它翅子还大，比它尾部光炬还多。
它自己想是不知道什么寂寞的吧，
静夜里，幽灵似的，
每每还独自在我们的廊檐下徘徊！

能得着小孩子的爱，

能得着大人们的怜，

能得着怀有秋意的感伤者同情，

它是有福了。

怎么这样值得爱怜的小东西还须受人幽囚呢？

想起市场货摊上那些小小铁丝笼，使我为它命运而悲伤。

原来，从憎恶里，

你可以取到自由：

人若爱你，他就愿意你进他造就的囚笼里去！

读梦苇的诗想起那个“爱”字

我虽是那么殷殷勤勤的来献，
你原来可以随随便便的去看：
只要你把他能放在心的一角，
横竖是好歹咱俩都还在活！

那一天到你心中凄凉的时候，
你再来试喝一口爱情的苦酒；
此时这东西固然值不得几文钱一斤，
或者那时节能够帮你找失去的青春！

十月白壁楼

月光下

为追赶月光，听任田坎上跑，
这牛劲是那里来的？我都不知道！
听到田坝里的蛙声我全不吃惊，
听到村寨里的狗叫它不会咬人。

当我从水车下过去时头发给水都打湿，
这是那枧筒里水闹的玩平常我就被它欺：
因为眼睛向前刺猪就绊我一跤，
不要脸的老枭它躲在树林里笑！

磕膝头大大方方碰到一坨岩，
脚杆上自自由由汩汩流着血：
脸儿出汗还不休息我不是装痴！

月亮只在前头我要看个样子。

“呀慢点走慢点走有个人是在你身后！”
它不是耳聋便必定是塞了两粒豆。
哟天老爷呵赶来赶去要赶到何时？
不识羞的东西呀你那天还不亮就叫的鸡！

月儿穿上云的衣裳我便不动了，
大家歇歇你不跑时我也不跑：
我同蚱蜢愿自来静静的接禾上露水，
老头儿鹭鸶却一翅飞去真是见神见鬼！

鸡公叫得越来越多天上已成了鱼肚白，
赶了一夜豆子大儿的利益也不能得。
这才真是冤枉而且十足的傻，
天快亮了我还是不愿收兵回马！

远远的有在光明底下被杀的猪叫，
我休息在希望的阴影下敞着嘴笑，
怎么这地方能放肆的是一般麻雀？

怎么这地方却不闻两句儿山歌?

我收领我碎了的心情留在一把野菊上,
我放散我疲倦的回唱算作白杨树的账,
月儿原不合照我憔悴的庞儿来,
梦里去寻求它总还比磨盘更大!

九月在西山

秋

秋天来了，
有许多许多虫之类能振羽作声。
像某一时期的诗人一样，
像某一时期的政客一样，
又像春天的鸟，应时而鸣：
没有一个能够稍稍蓄一点力，
拿来对付那只有风吼的冬天！

秋天来了，
那可怜的小麻苍蝇尸骸
还裸卧在窗台边，
没有蚁来抬埋，
也没有蝇虎来收殓。

同样的在无人注意中
向战场上死去的，
他们纵没有人来抬埋，
总不会没有豺狼来收殓吧。

中元节夜

觑——瞟

我的眼捕获了一个罪人，
用一根丝拴系在我心边，
不用提讯也不必要招承，
那供词已经好好的写在你眼睛间！

唉，若眼儿是那长的柔软的手臂，
则我已为你搂定了多次！
我不欲挣扎与遁避，
这在我眼中也有了明白文字。

莫让星儿独擅其狡猾，
汝亦有此闪忽不定之聪明。
荷面上水珠不可捉拿，

你眼睛比那事物更活更灵！

有音乐魔力与柠檬汁鲜味，
只是那随意的有心的觑——瞟：
如刀子锋利与牛茨尖锐，
刚把颗茨拔出我又中了一刀。

九月于京——沙滩

想

——乡下的雪前雪后

像撒盐，像撒面，
山坡全是戴了白帽子。

请你吃那当时的东西——
　手笼灰中煨熟的干板栗！

雪中猎狐、猎兔、打野猪，
不能看，就蹲在灶边去跟人学吧。

陪猫儿据炉边烤火，
你也困，我也困！

跌下去，就莫起来了，

横顺要作雪罗汉！

不要唱歌，不要吹笛，
山谷已经不愿再作回声了，
　雪把它封了口。

长的河坝胖了，
老的碾房胖了，
水磨学得胖子的脾气，
唱歌也只是懒声懒气的！

日头从云里出来时节，
喊着叫着的斑鸠，
是坐在我家正屋背脊上。

人穿了草鞋，
牛穿了草鞋——
到官路上去吧，
可以看烂雪里各式各样的脚迹！

颂

说是总有那么一天，
你的身体成了我极熟的地方，
那转弯抹角，那小阜平冈；
一草一木我全都知道清清楚楚，
虽在黑暗里我也不至于迷途。
如今这一天居然来了。

我嗅惯着了你身上的香味，
如同吃惯了樱桃的竹雀，
　辨得出樱桃香味。

樱桃与桑葚以及地莓味道的不同，
虽然这竹雀并不曾吃过

　桑葚与地莓也明白的。

你是一株柳；
有风时是动，无风时是动：
但在大风摇你撼你一阵过后，
你再也不能动了。
我思量永远是风，是你的风。

于北京之窄而霉斋中

对 话

你说："我请你看你自己脚下的草，
如今已经绿到什么样子！
你明白了那个，
也会明白我为什么那么成天做诗。"

"你说水不会在青天沉默的，
　它一定要响；
鸟不会在青天沉默的，
　它一定要唱；
你为什么自己默默的，
　要我也默默的？"
"可是，你说的那草，
　它也是默默的。"

赠 答[1]

赠

小瓶口剪春罗还是去年红
这黄昏显得格外静　格外静
黄昏中细数人事变迁
见青草向池塘边沿延展
我问你　这应当惆怅　还应当欢欣?
小窗间有夕阳薄媚微明

1．这首诗是根据《沈从文全集》（修订版）第10卷里的小说《摘星录》中沈从文为人物虚拟的两首诗合成的。原本无题，编者拟《赠答》为一题，将原二诗排成“赠”“答”两个部分。

青草铺敷如一片绿云
绿云相接处是天涯
诗人说芳草碧如丝　人远天涯近
这比拟你觉得近情？不真？
世界全变了！　变了！　是的　一切都得变
心上虹霓雨后还依然会出现

溶解了人格和灵魂　叫做爱
人格和灵魂需几回溶解？
爱是一个古怪字眼儿　燃烧人的心
正因为爱　天上方悬挂千万颗星（和长庚星）
你在静中眼里有微笑轻漾
你黑发同苍白的脸儿转成抽象

答

我需要从你眼波中看到春天
看到素馨兰花朵上那点细碎白
我欢喜　我爱
我人离你远　心并不远

你说爱或不爱全是空话
该相信　也不用信不信
你瞧　天上一共有多少颗星
我们只合沉默　只合哑

谁挂上那天上的虹霓　又把它剪断
那不是我　不是我
你明白那应当是风的罪过
天空雨越落越大了　怎么办

天气冷　我心中实在热烘烘
有炉火闷在心里燃烧
把血管里的血烧个焦　好
我好像做了个梦　还在做梦

能烧掉一把火烧掉
爱和怨　妒嫉和疑心　微笑的影子　无意义的叹息
给它烧个无踪无迹
都烧完后　人就清静了　多好

你要清静我明天就走开

向顶远处走

让梦和回想也迷路

我走了　永远不再回来

微倦

威尼斯水面上舟子的双桨，
百年前为诗人用文字捕获，
在我的心头，当桨声
重新来作一度低低的泛响，
水光拨起湿遍了我的全身。
让那本书轻轻的掉到我的脚边，
如一个被弃的情人离我而远去。
“季蕤，季蕤，你听，静静的听。”
哗、哗…… 一下，两下。
我吓怕。我吓怕。
这宽阔的房中只容一个我。
一堆衣服，一堆书籍，
紫檀茶儿上一把乳白色壶儿，

一面镜儿，一个细颈的瓶儿，
脚底下一张白色的熊皮，一张豹皮，
这陈设，这庸陋平凡的百物！
谁跑到这儿来带个远地的消息？
谁高兴给我来唱一支歌说一次谎？
白白的额头需要一张固执的嘴唇，
耳朵边应响着温和亲昵的言语。
一切静静的，什么也没有。
指尖上一列粉红色小小的贝壳，
留下了多少痴人嘴唇梦里的游踪，
多少诗人忧愁的眼睛为它润泽，
齐来用文字刻绘它希奇的色线！
一个古旧的情绪把热血追上了双颊，
（黄昏里有季蘵的微笑，）
不要误会，这不是我对命运的一份感谢，
人生里最苦的药莫不用糖衣包裹！
拉下我这一片白绒的肩巾，
敞开那扇窗儿，伸出我两只手，
来，你徘徊屋外的清风，
不用作北国荒寒万里奔驰的思量，

不用向我迂腐的诉说，不用呆，
仅把这圆圆的肩儿，寂寞的心，
在黄昏里紧紧的拥，紧紧的拥！

二十二年三月七日初稿

北 京

天空中十万个翅膀接天飞，
庄严的长征不问晴和雨。
每一个黑点皆应跌落到
城外青雾微茫田野里去，
到黄昏又带一片夕阳回。
(这乌鸦，宫廷柏树是它们的家。)
一列肮脏骆驼
负了煤块也负了忧愁，
含泪向长街尽处凝眸。
街头巷口有十万辆洋车，
十万户人口在圆轮转动下生和死。
一声驴鸣，一个疑问：
谁搬来石块同砖头，

砌成这个大大的方城?
谁把地上泥土掏去堆个山
给末世皇帝来上吊，
剩下这一片空处成个湖，
让荷花菱芡在湖里长，
湖中心还搭了那么座长桥，
桥上人马日夜来回走?
谁派王回回作羊屠户，
居庸关每年跑进五十万肥羊，
给市民添一分暖和，添一分腥?
…………
（莫追询，历史上的事谁也说不准！）

时和空

——人事有代谢

往来成古今——

短墙边乳白色繁花独自谢落

宝石蓝天空中白云聚还散

晚春天气迷人也倦人

这晚春却给我幸福给我静

（只因为）装点这晚春

还有个尖尖脸儿的你

在阳光下露出一列白齿微笑

笑里一朵花含苞欲吐

当我吻着你那净白温润额角时

花开了我谨慎的把它摘下收藏了

万物在阳光和雨露交替中滋育
欣同赏仲夏中嘉树茂草
听红头啄木鸟在林中木末敲梆
水田里有芝麻点秧鸡啼唤
不管是梦中还是清醒
你和我都知道“爱”在暗里生长
秋风渐褪尽草木青翠
敷上红镀上金迎人一片光鲜
荷塘中莲蓬垂下了头
莲子心已略具一点苦味
两人徘徊过那条长廊
蟢子在柱角新织就一饼白钱
天井中枣树上朱红枣子
从高枝渐次堕落到地上
秋成熟这世界一切——
同时成熟了我们的爱
秋夜有流星曳一道碧光长逝
你同流星相似去了去了去了
重拈起你那一朵微笑
才知道这微笑在秋风中也枯萎了

我想询问“有谁能给我引路
把我带向那个‘过去’里走走”
耳朵边仿佛有你轻轻的声音
“你愚蠢的人自己去选择好
走向过去有两道桥——梦和死”
想起这两道桥我眼睛已经潮润
小小距离给我经验到老年和冬天
阴湿的泥地里你和我已成尘和土
你呢这时节或许正准备
把草上露水收拾起穿作颈饰
不坚实露水有虹彩和真珠光耀目
思量从虚无证实自己生命存在

七月十一日

忧郁的欣赏

海鸥不离开海，
它自有它的生涯。
白翅膀尖端蘸上了一点儿
　　天空蓝和海水碧，
本身轻得如一朵云。
试向海上凝眸，
海上有多少白鸥！
一群群来了又去了，
　　腾起复落下，
“好一幅美丽图画！”
这微笑自然会酿在你口齿间。
你想不想起过，
这一汪大海中混合的盐质，

其中有万千年鸥鸟骨血融解？
海鸥不离开海，
忧郁和它一样
　　从不会由我心上挪开。
一千个日子里，
忧郁的残骸沉积在我的心上，
这一颗心……
不说它好了，
说它你也不会知道。

七月大暑

看 虹

瓦沟中白了头的狗尾草
在风里轻轻摇。雨止住了。
“你看，天气多好！”
“是的，天气真好！”
屋脊后一片灰蒙蒙的天，
有长虹挂在天上，看来希奇，
“两只脚向下垂，直插
入地平线，恰像一道桥！”
“真是一道长桥，那么弯曲，
那么脆弱，那么俏——
——那么脆弱，为什么?”
“桥上正通过诗人的梦，
没有声音，没有一点声音，
可是你细心瞧，它在轻轻的动！”

当真在轻轻的动。

“是的，桥在动！梦太重了，
怎么办?”
“怎么办，还不是载不住重量时，
一压就成两段?”
“桥断了，真糟。唉，上帝，真糟。”
梦好像从灰云绿树间跌下去，
消失了。一点轻轻的嘘吁，
从喉间跌下去，也消失了。
消失的是一条虹?……
一首诗，一个梦，一点生命，
一分时间——谁知道?谁懂?
“怎么办?你说。”
“你意思是不是这人间再不会
有那么好看的虹，
从虹上轻轻通过那个梦?
你意思是生命失去了的，
已找不回来?你……?”
“是的，那个梦，正把我生命

点燃起一苗小小蓝焰。”
“是的，那点火，消失了！”
一切在沉静中。
“你看，天气还不太晚！
那只白鸟翅膀那点黑，
在云中向上翻。
也跌落了，向湖心里跌，
是记起夏天湖中猪耳莲那一片紫，
菱花一点白，
还是自己那个俊美的
影子……”
“失去了也好，跌落了也好，
上帝知道，这日子你怎么想，
怎么打量，怎么过！”
天已夜下来，星子渐渐多起来。
“算了吧，摘一颗星子把我。
摘那颗你最欢喜的，
不大不小的，照我走路，
我好过那条露水和泪作成的河。”
“水枯了，水早枯了，你知道！

再不会湿你的脚（或泡软你的心）!
你放心走好!”
“那也好，让我走。
让这点小小的星光，照着你那窗口
白了头的狗尾草，我呢，
我要把自己过去完全忘掉。”
虹和梦在她面前全消失了，
什么都很好。
试问自己，
用想象折磨自己的人，“你要什么?”
轻轻的回答，“一点孤单，一点静，
在静中生长，一点狠。”
又像什么都不需要，因为
有一片平芜在眼中青。

三十年三月末日

阙题残诗

啊！溜过我手中的是多少螺蚌的残骸！
记忆中那双蘸染天空明蓝的白鸟翅膀，
便把我轻轻举起来，如何轻轻的，
使我浮荡在一切光里、热里、声音里！
那一握在回忆里的砂子，
赠给我多少无言的忧郁。
我的朋友，我的影儿，
听我一次诉陈，也给我一个忠实厚道的回答："你能
　　用什么方法来为我证明上帝对我独厚？"你说，
　　你说。
我不想明了一只扬帆横海的木船，
　　带了全个经验归来卧在船坞里，
水藻贝壳写遍了生命光荣的游踪，

当它年龄业已老去本身行将消灭时，
对那一派清波是忧愁还是怨恨?
这不是我的事，我不管，我不管。
我不想明白虹霓在天空中为谁做成。
我不愿听诗人于历史撒下美丽荒唐的谎。
希腊文明全个的衰颓，
手掌大一片莓苔为晓露所润湿，
谁应取我们的悲泣，谁应得到微笑?
使百鸟歌呼，百果成熟，
谁给彼以生命中最大的悦乐?
我不管，这全不是我的事，我不管!
我要爱，要一股火焰似的爱!
我期待的是我这一份美丽，
得回一笔它所应得的数目，
激动扰乱一个强健固执的人格，
燃烧他的灵魂，毒害他的心，
一勺苗人的药，一杯胡人的醇酒，
一阵子痉挛，一阵子颤，
使那个他失去人类常性的安详。
我愿意这个发狂的爱人，

走到我面前来，恨我，爱我，
攫住我，海啸似的拥抱我。
唉，你长年在大海中扬帆的巨舶，
你在蓝空向无极长征的流星，
你能说，你能告我什么时节，
一个那么像男子的男子，是不是
还会在这人世灰尘里相遇？
当一片充满温柔的微笑，
一篮带露的鲜花，
一束用谦卑与崇敬写成的诗歌，
在你们男子自以为十分得体的情形里，
每个日子递到我的身边时，上帝明白，
你们所作所为算是些什么蠢事！
你们的季蘀，人类年轻心灵的主宰，
一颗心孤单寂寞的向小猫微笑，
向炉火颔首，扬起微倦的眸子
眺望人生寥阔的边际，
是谁的错处，应由谁去负责？
让一片日光，一缕银色的浪花，
常常享受了我半日中全个生命的温柔，

听去我多少秘密的埋怨，
这是不是，就算你们男子在任何一时
所不忘记提出的那一位神的意见？
不。
每个蚱蜢有他在动作中的尊严，
每滴雨点皆显然的有力的掷到地面，
我明白，我明白，
只是我完全不明白是谁的意思，
一种风气把你们男子变得如何柔弱如何笨，
季蘋，季蘋，那么，
这世界应当用海水来淹没，
用如火烈日来焙枯，
还是凭人类错误与愚蠢
写成一页荒谬的历史：
“美丽的季蘋，由于骄傲，
活着时就只那么活着，
却并不知道用爱来把灵魂营养，
存在时如一片炫目的彩霞，
消灭时如太空电光的一闪？”
不。

黄昏如一个信实的情人，
来到时天边只剩余一抹深紫，
仿佛又有谁在我耳边说话：
“我爱黄昏，为得是黄昏亲人，
从不缺少那分固执和勇气。”
这是一张得秋独早的腐叶，
轻轻的掉落到我的脚下，
我思索它那落地时是一声叹息，
我自问：“季蘋，季蘋，
这应当是为谁的叹息？”
不用笑我，这孩子似的眼泪，
二月时节的春雨，难望晴明，
总得在黄昏里悄悄的降！

文 字

人生脆弱如一支芦苇
在秋风中一阵摇就“完事”
也许比芦苇不大“像”
日月流注，芦苇年年“长”
相同的春天不易得
美在风光中难“静止”
生命虽这般脆弱这般娇
却能够做梦“能够想”
（万里长城由双手造成
百丈崇楼还靠同样两只手）
用力量堆积石头和钢铁
这事情平常又“平常”
一弯虹一簇星光“一个梦”

美丽的原来全在“虚空”
三五十个小小符号
几句随随便便的家常话
令你感到生死的“庄严”
刻骨铭心的爱和“怨”
你不相信试“想一想”
试另外来说个更美丽的“谎”。

月曲

诗人们的谄谀堆积，
掩了月的光辉。
请到那有流水的溪边去吧，
清的泉会为你洗涤！

往病人的床边
（赠他一分凄清的礼物。）
莫在那里留得太久，
否则他会向你唠叨——
当你是一个熟友！

于夜深还吹着竖箫的，
（那是些可怜的人；）

用咽泣样的声音对你低低诉说，
因为他无情人可贡媚悦。

三月中

曙

谢谢你，我的妹子。

用你臂作了枕头，

我竟恬静的睡了一觉，

醒来还是疑心正做着金色的好梦。

夜，网子样罩了一切，

我的腼腆，你的羞耻，都为掩去：

使我们从不相干的人世间，

联成一体，这是夜的恩惠。

在日光下，我们不能并行，无从亲嘴。

夜色来时，你也来了。

你同梦样渺茫，因为她来，也以夜里。

我见到你咧，妹子。
月的光，正徘徊在窗棂上。
墙壁上有月照窗棂的影子。
虽然无灯，我可以见到房中的一切。

虽然无灯，你那微微侧放到
枕边的那个粉白小小的圆脸，
轮廓分明，比灯光下还更要清楚。
我见到你咧，妹子。

在这里，我们当自由不拘。
无忌惮的亲嘴，只要你高兴。
你听那里有鸡在叫咧，
天快亮了，你，也快要去了！

呀，响了三点，四点就可以去了。
不知是谁的钟呢，我真讨厌它。
“打杀长鸣鸡”，鸡又在叫了！
你再对我老老实实的觑一眼吧，

把你睁大了黑绒花样的眼睛。

我将无从再见到你这眼睛了，
天知道，这房里你还能重来?
把你脸也擱到月光下去吧，
是这样，你更美。

你不要笑我，这不是傻。
世界上像我这样子傻真多!
他爱你并不在这样事上，
有许多好的男子都是如此。

你那眼睛，这时这样睁大了带着
惊奇样，小孩子对新来的客人样，
注视到我是什么意思，妹子?
从你眼中我取得了你的未完天真，
我信你是好人，你并不坏。

你不要误会，你不要误会，
我的眼泪原是常常挂在眼角里!

眶子里还酿了许多，所待的是机会。
有机会它就要争到跑出来，
这是极其平常的一件事。

难道是因为你不好，冲撞了我么？
那你全错了，我发誓说不是。
我自己要哭就必哭，一下子就好了。
你放心吧，决不是为你的。

我要你来，并不是为得……
你看，我们已经并头睡在一块了。
我们又肆无忌惮一块了亲的抱了亲嘴。
我是满意极了，对于你的。

因为这样，会使你回去受责罚，
我全不知道有这样的事。
娘以为你不会逗人欢喜，将在你
身上加以鞭子，这是真的么？

你们的规矩，却是那么制定，

你这种知识是用你的痛苦换来，
想起真叫我心怆，
你受过的痛苦这时都移在我的心上了。

我要你来我只是爱你。
你不要哭吧，你应对我笑才是。
把眼睛朝我这边吧，让我为你
把眼泪舔去，你也帮我这样办。

我要你来我只是爱你，
因为我要爱别人，别人却用不上
我这无价值的人的爱。
我并不是来嫖你，像你所见到的一般人。

我把你当成亲的姐妹来看待，
我可怜你在生活中所受的摧残。
我想尽我的力做一点使你快活的事情，
眼前也好，未来也好，我是一番真心。

在你身边，我已经找到了我所寻求的东西。

你引我进到一个灵魂陶醉的世界，
我得了不曾经的心灵的润湿，
发了霉的感情已为你洗刷一道。

你，对于你的做女人的事业，
在一个陌生的少年男子面前，
竟做得那么自若，全无骄气，
伟大的牺牲，觉得可敬。

在过去，心目中的你们，我以为是
在一种肮脏获罪的道路上踯躅着，
我如今看出我的错误了。
你们是神圣，倘若是神也有工作。

是真的咧，在你们面前，
男子们的渺小，成了微尘，
如同巨石前的秕子，
于此人间世，我找不出比你这样更其伟大崇高的人格！

“这事你不愿意”，我没有懂你这话。
你以为像那些小姐们，到学校去，
选上一个白脸长身的少年，
就规规矩矩同他生活下去是好？
这是小姐们应当的事，一般女子并不见得是应当。

少男少女们，全都是一群魔鬼。
她们感情上都装了甲，
足以抵抗一切的诱惑，
才敢跑进男子群里去厮混。

他们玩弄着女人，同时又
欺骗着自己：
热情装饰到脸上，
眼角，眉尖，嘴边。

男子们到这里那里女人身上都放了一些感情账，
图的是支付最后的利息。
只要机会许他做坏事，
就把自己嘴唇从这个女人移过那个女人的口边。

他们都知道用物质的炫耀来攻击女人的心，
热情的重量足以将一个少所见的女人来压死。
你若是到那中间去，
你将用苦楚换到更其普遍的经验。

你当真也去做那恋爱之梦么?
凭了这梦去寻求的老实人正是有许多。
他们是在无望的苦恼中徘徊，
她们是在回首的悔恨中辗转。

我这话是真。我们要是会做梦，
你就永远做梦吧，(这是上策。)
我的意思是愿你这样混下去，
在此间，就不知道有许多少年人要你们来引渡!

是的，是的，接近你的仍然是那一类
在妇女场中活跃的痞子为多。
但是，他们有了钱，那一类可怜人，
在另一方面失败的，仍然可以从你处找到些安慰。

这中间也有好人，像你在这种营业中一样的有着
　　真实的热情，
需要挹注。

倘若爱恋还有一个最终地点在，
少男少女们都是走路的人时，
那一类绅士小姐的结合，
比你们距离那最终地点会更远。

你的脸色，告我你能了解我话的意义，我真高兴。
再用力抱我一下吧。对了，我们——
我们应当搂抱，应当亲嘴。
让灵魂合而为一，至少是现在。

我谢谢你，你给我的好处太多。
在另一时，我能默体出人间关系之神秘，
那全是你的赐予。
你给了我更其广泛的人生经验，妹子。

你的印象，我是会好好保存在心里：

从视觉所理会到的，
从触觉所理会到的，
从嗅觉所理会到的，
时间决不会将我之记忆抹了去。

在明天，若是你还愿意来我这里，
我希望仍然能在月光下见到你可爱的小脸庞。
我可以为你念一本书，
书名叫作《茶花女》，法国人做的。

你知道，知道那就更好了。
那位小奶奶，马格理脱，不正同你一样生活么？
她也是那样活到世界上的一个好女人，
又逗人爱怜，又逗人敬慕。

我知道她必同你一样美——
年青，聪明，天真，而且豪放：
她可以做你的一个好榜样，
她才能说是能爱人的女子。

当年爱她的，自然也有像此时
同你过夜那类粗男人，
所要的是她身体一块肉，
在她身上发他禽兽样的气。
但是，这之间，还有一个阿芒杜法尔。

妹子，你可以相信我，
好的男人多着咧。
有许多许多我或不能说，
但总是有，这我敢断定。

不过，这种人总不是你们所能遇得到，
也不是在外面同人谈恋爱的少女所能遇得到。
维特式的衣服在社会上极容易找寻，
维特式的殉情却很少，（因为如今男子都聪明，
　　以为那是件傻事。）

那真在心上系着情人的男子们，
多半是行动萎靡，沉默少所表曝，
在群众里，总能见到他，

所见到的也只是傻子样木讷，近乎阴郁的脸相。

他不知要怎样去亲近他所爱的人，
即或是你们这种用钱可买的女子。
用颇少的钱，买你一夜或两夜，他就办不到这事。
胆子又小，脸又嫩，即不是穷也无法。

他们是不中用的人，长是做着梦。
在梦里把女人造成神圣的全人。
到女人场中去，见一个女人就想把自己为女人制成的
　　模型去印证。
结果是颓丧气转了家。

就希望你就如此活下去的我意思。
就是一面怕你吃亏，
另一面，我知道正有许多可怜的朋友们待女人救拔。
你若能爱人，（与其站在欺骗的社交前面）
　　还不如仍然是这样好。

你看我那样瘦，从前曾肥过的！

你会不能相信在过去我臂膊竟坚实的同一段

　　白皮松的吧。

还只是前两年，那是真的。

细微的像薄薄绸子样的皮肤，

如今却失了弹性颜色灰败了。

我的年青就是那么在不值价的寂寞里消磨，

比你是更苦，比你是更可哀。

你在笑我吧，我不是自夸，

我美过来呀，人人都是那么说。

嘴唇，本来是拿来接吻的，

如今瘪皱了，粗糙了，所以我的举动就如此显得生涩。

在温存中我总感到一点儿惭愧，

我不能忘我已是个老人。

我又自伤心，

想到它美丽的又是徒然的过去。

把这钱收下吧，这是你应当有的。

这三块钱作为送你私有，不要告娘，免得她又抢了去。
你可以拿去买一点所要的东西。
唉，这难道要谢么?

我们的灵魂居然能系在一处，
这是金钱的帮助，你不当拒绝。
我只想在这不自然而又自然的联属中，
用我所有的钱来弥补我造的罪孽。

我知道我们都成了金钱以下的罪人。
希望用我圣洁的亲吻，
将你过去自以为是污秽的往事全洗去。

在我心中，你永是完人，
我用我弱小的心，
感触了你人格的伟大。
我知道，以后一切会将我们来分开，
但无从将你从我记忆中拭了去。

以后会如前陌生样，漠不相涉，

各人走那不尽的长道!
我的伴侣依然会，是那样无依无傍的幻梦，
但这梦却建筑到你此时所给我的印象上!

花儿会将枯萎，人儿会将老去:
妹子，你的美丽与天真，
也会消失在日光里!
你应当任意享乐，抓着现实。

乐意在这种浪荡生活中消磨你自己，是很好，
你要想从别一生活中找你的阿芒杜法尔，
也由你去做。

到四点了，
窗子上已爬进灰光了，
用不着再留恋了，
你可以去得了。

我还有钱，你可以放心。
明夜仍然可以来，看你的高兴。

那抽屉里有梳子，头发稍稍理下吧。
你脸那样的苍白，不是病了么?
可惜壶里的茶已冷了。

看你衣服这样的单薄，
近来白天还可以，晚上去吹风，
怎么不受凉？你也应稍稍注意它一下。
我听到你咳嗽心就觉得可惨。

我怕什么？我可以送你出巷口。
到胡同口子去叫车，这时还很早。
你不要告你娘这三块钱，
你可以用来买一条好一点大一点的毛围巾，
不够时应当告我。

你看天上还有星子哩。
妹子，再抱我一次吧，紧一点。
我要哭了，你若知道我此时的心，
你会……

我回头去还可以睡一阵。
你走吧，好，乖乖的去了吧。
在娘面前总不应如此小孩子样子，
你应当听我的话，不准哭。
把眼泪擦了，好，乖乖的去了吧。

我只能再抱一次了，那边有人走来了。
我看你转弯时再回去。

十五年中秋前五日

给璇若

一

何苦自己这样地摧残，
在人前还做些笑靥，
特引人感到了不安？

二

倘若是独往又独来，
尽可到旷野里去徘徊，
冻死了也只是活该！

三

难道是怕旁人底“施恩”，

自己就甘做了一朵孤云，
独飘浮于这冷酷的人群？

四

是成心叫旁人为你担忧，
镇日价在挂念，为你发愁，
你自己倒落得松心好受？

五

无奈你是人间底伴侣，
一个可爱的灵魂与身体，
怎能不引起了人底怜恤？

六

不提什么爱恋与情深，
谁见了不惊讶，不关心，
——纵然他是个陌生人！

七

竟不理旁人底忧虑与挂念，

一任他怄气或狂癫，
——为的是保持了自己底尊严！

八

尊严么？这是什么东西！
斫变死自己底形躯，
试问你还有什么赢余？

九

摆脱不掉这缱绻，
生来就是为的受些牵缠，
偏遇到了你这执拗的活阎！

十

你能不笑我这杞人底忧天，
说我故意地使你为难，
叫你百般地感到了不安？

十一

我不管！我底心间，

既种上这样底田园，
它生长什么——随便！

十二

愿今夜底北风发慈悲，
将你安适地送回，
好好地在冷床上安睡！

絮絮

一段

瞧，我不是又来了吗?

眼泪是空流的。

我说你眼泪是空流的，

　你不信。

如今把你的一切，这身上一切算归你。

再不要说相思吃苦了。

再不要因无人爱你烦恼了。

你这唠叨的口得时时刻刻

　用我的舌子锁上，

别说了，让它的用处拿来

　甜甜的亲一次嘴吧。

我要你相信我前次说的话，
不怕路远，不怕风大，
也悄悄儿的会来。
就不然，我把心放到这边难道
　我就不难过?

这时节你欢喜怎么，
你就怎么去作。
我这身体是从不曾给过你这样男子过的，
我只对我过去的脏污抱歉。

你不以为这是一桌残席，
我尽你量。
这身体是值不得你年青人爱了。
这身体是些糟粕，谁说能醉人?

使你这外行醉吗?
你哪，只要嗅嗅酒也就会醉。

那些用手捏得融的，

　细致到像绸子同奶油的，

才是年青人用他爱情的女子身躯！

你的热，你的力，

用到我身上只使我伤心。

我们这样人那里载得起

　这些爱？

……不。

你让我把这话说完吧。

我明白你。

你不说，我也明白你。

你的心在你抱我搂我时就可以知道。

我不爱你我今天就不会

　无故来到这里了。

我但愿从此是乖乖的在你身边，

永不跳，永不闹，永不跑掉：

只是……

请你把忧愁收拾起来，

如收拾你的眼泪一样。

“我归你了！”要你信，

我可以赌咒。

把我的盟约写在你的心上，

把你的盟约写在我的心上——

用神来作一次证人，

就请他先用手来拭拭这誓语。

我把心交付给你。

随你便——

扔了吧也成。

这心交付给你我是一千个放心了。

就说这是不值价的，

　无用的，随处随地可得的。

但你总有一个时候用得着这个吧。

到你凄凉时候再想到我，

就有了。

二段

在同你相识以前，
我的泪是流在洗刷我自己耻辱上面；
在同你相识以后，
我的泪是流在洗刷你给我的好处上面：
因为我明白我的苦命，
别人的坏同你的好我直想全要忘记。

受惯了磨难，
多一分磨难是不会多有一分痛苦。
第一次的受人真心相爱，
却不拘是什么坏人也当不来！况我。

我就从不知道你们男子中也会有
　同我来说那心上的话的。
我也从不遇到一个男子愿意
　听我的心上的话。
我的生意只是照例给人玩玩，

一个婊子一生就是如此！

谁要我作他的姐姐妹妹？
谁愿意作我这下贱人兄弟？
谁要我当真关心他的一切？
谁愿意告给我真名真姓？

说要，就来了，不敢不来。
说去，就走，敢说不走？
看别个男子兴味，要吃，就吃——
我永远就是一碗随时随地随人
　可用的菜。

我本来就不算一个人。
我生下来因为是女的，
　就有作娼的命。
使我领受一切的全都只有
　天知道。
我哭，我向谁去哭？

女人的眼泪是珍珠，
这个话是为那命好的有福气的
　小姐说。
我把我眼睛哭肿，
这算合该。

许多作女人的好处我们
　这类人那里有分？
我就是为受人玩弄才生。
如不是为我小时可以作丫头
　长大又可以当娼，
谁能让我好好的活在这世界上？

三段

我说，这是实话。
我说错了吗？
我有许多错处，这个我也明白。
但是为什么你还要哭？

要你别把眼泪尽流，

怎么全不听我的话？
有机会说这一次，以后我是不说了。
我不让你因为这个过去的事
　尽流傻泪。

眼泪不是为这事流的。
那儿流得许多？
我就非常明白这个事，
瞧，我不还是好好的？

同你在一块我一切全忘了。
你也应当，就算是为了我。
这不算是很幸福难得的
　一件事么？
一个是像候情人的焦心，一个是
　偷悄悄儿的赴这约会。

我虽然又是一个像你们男子
　所称为人的人，
但我并不是不明白一切是很可伤心。

这个是命运，不信么?
若不相信命运，咱们俩儿
　也就不会在一块了。

我们活下来谁都只有听凭命运
　处治我们。
我们想挣脱这么多的苦，只是
　更多的找苦上身。
性命不过是一张挂到枯枝上树叶，
谁能断定这风在什么时候要起?

我问我自己——
　活下来究竟是怎么回事?
就是让成千的男子来辱我，
　我才活。
到什么时节我老了，
别人也不要我了，
随后我也就很可以死得了。

我盼望到那一天。

赶快到，马上到。
终有一天要来的。
到那时我就可以安安静静
睡到土里了。

我想到那时候我若能作一个鬼，
要到各处去找我那鬼爸妈。
我问他为什么把我生下来，
我问他究竟是欠了多少儿女账。

四段

别人说，我们作这样生意的就不是人。
是的。我说我是人，不是笑话么？
我是见到许多是人的人了。
用我四肢作床，我让了
五十个一百个“人”在我身上睡过。

他们就是人。
他们都有的是钱，
作这个事就为图快乐。

用他们的钱给我遮羞，
他们作过了这事也就即时忘记过去。

谁能为同一个娼睡过一次就
　永远记到在心上？
谁有这样空闲来想一个娼妇给他的好处？
他们差不多至少同我们这样人
　睡过十个二十个，
若是不善忘为这情分也累死了。

可是人数就再多，
要我忘掉也不能。
每一个脸长脸短我都记得非常明白，
这些就是分头糟蹋了我青春的男了。

作马吧，作牛吧——
是吧，我们当真那里及得人家牛马，
牛马它要那个也有时候，
总不会用一匹母牛配一百匹公牯。

作娼的就天生是在这些事上
　受磨受难。
那种难那里是你们想得到?
若是你这样也算,
哈。

一回,两回,这是算回数的事吗?
只有你。
他们拿钱来是为什么?
遇到醉鬼才要人受。

来了,好好的,就只笑。
明知是假也要笑,
　不笑是不成。
呆一会儿我就尽这些人
　在我身上享乐,
我只有闭了眼睛不作声。

宝宝乖乖的喊,
我算谁的宝宝乖乖?

谁体恤过我问过我一次舒服不?
谁是愿意在这件事以外温存我?

我听到这些人发喘,
我听到这些人呻叹,
我听到这些人像垂死的牛一样
　颓倒在我的腹上,
我再睁开眼睛来看这
　俨然一堆肉与骨的体积。

我哭,这只是初初那几次。
到后不哭了。
我能够望到这类死尸笑。
他们这些高贵的人在我身上
　气力是已用完了。
他们这时是只像一个死尸,是真像。

我可怜他们,但我心中又恨。
这些就全是上等人?
他们欢喜我还可以花一点钱

　把我买回去，
怜悯一类事不是我所有的吧。

我的职务是天分配下来的，
养娘又在我耳边教了又教。
谁一个看上了我就陪他去睡，
人家也不要问我愿意不愿意。

我还不曾见过一只狗身上有钱袋子。
若是有，
我相信它想我陪它也得陪陪。
世界上每一个人都有一个身体，
只有当娼的身体不是她自己的。
你不明白世界上为什么要钱？
钱就是为我们交易而有。

四块钱，五块钱，可以要我们好好的
　服侍一夜。
（你不是这样找我，我们不仍然是路人？）
用十倍二十倍的数目则可以买了我。

我的价钱决不会比一匹骡子为贵。

贞节，羞耻，早就不是我这样子人所有了。
我的身既不是我自己所有，
当然别人不会把这些名分送我。

纵有，我用得着这个吗？
我为那一个去讲究这贞节？
第二个可羞的事遮盖在第一个上面，
我若有羞耻，羞耻早压坏我了。

五段

顺到老爷的心我可以多得一点钱。
我懂到故意发浪那他们就快活。
我命好，作一个人的姨太太算了。
在我们人中作一个人的奴隶也就算命顶好。

六段

这样生，不如死了安静吧。
一个作娼的人那一天不想到死呢！

可是一点点小快乐也可以把我吊着。
只要一点点希望，人是仍然活下来了。

只想到未来，死是死不了了！
这不是实在的情形？
男人我是不明白。
我却是的的确确这样活。

我想到一千个人到我身上睡过的
　总有一个人是要我真心爱他的。
我想到一千个男子中
　总有一个人是不在乎我这个身子。
我想到一千个男子中
　也应当有一个好人。
我想到从一千个坏人中
　总可以挑出一个不太坏。

想到这些我有气力活了，
想到这些我便愉快了。
谁知道我这苦中笑是

为什么希望而笑?
谁知道我这打算是什么打算?

有了这希望以后我随时留心。
每一个人我总详详细细的看
他一切行动。

七段

你以为一个当娼的就不懂到爱?
真要懂到爱就只有娼。
我经验给了我许多知识,
像我这样女人别个就不准我
去用真心爱他。

试去吧,同那年青一点的客,
说,“我爱你!”
“好吧”,就是那么答应。
他就从不会想到娼也能真心爱人。
因为他是用钱直接买我。

说爱他，他不会同你真好。
说不爱他，他见你标致也仍然
　要你陪到他去睡。
若是伤心哭?
他是用钱来买笑:
大半男子宁愿要假意的笑，
　用不着要谁来真心对他哭。

笑一阵，闹一阵……
若是病了?
病了也要陪到他们闹，笑。
他们的钱就为这个用!
谁稀罕一个作娼的人真心爱恋?
天下各处全是娼，谁也不。
照例就是那一边既出了钱，
这一边也给他自由玩。

我是给过五十个一百个人的自由了。
我不明一个作娼的也有权利要一个
　男子给他一次自由不?

你，你为什么来得这样凑巧？
即没有见你我也仍然相信男子中
　有你这样的好人。

我当真相信，如信我
　生活是命运铸定一样。
我算计我命运里也应当碰到一个人，
我只担心是一天一天老去
　则这个机会也一天一天的少。

八段

因了你给我的好处，
使我自己也感到要另外成一个人。
我要你从我眼睛看进去，
我的心并不是一颗坏心。

我要一个男人真心爱我，
我也能比一个处女样去真心爱人。
过去的生活把我身体毁了，
这灵魂还是好好儿可以容得下

　爱情的火来熬它煎它。

一颗被侮辱揉碎了的心，
在一种爱的亲洽下是修理得好的。
一身的肮脏是用你的亲嘴可以擦去。
我直到这时才晓得人活到是什么味。

我这一生磨难给我的是世界上
　每一个男子都有一点儿分。
但你给我的是这幸福的磨难。

说是去了吧，就走了。
天一亮我就应当走。
我是黑夜的小卒一样，
不是可以在太阳下露脸的人。

可是，为什么到我临走你这样难过?
怕我冷，我是只经过这一次?
我是除了给别人欢喜以外还有资格
　给别人稍加怜恤的人?

你用钱，是买我的不欢样子？

你这样，

　那里是同娼妓来往的人？

你为什么信得过当娼的也有

　平常女子的爱情？

别人要我给他笑，给他浪，

　我照样也只能给你这些。

为什么你对我说是感激？

作娼的是要人在献身以后说感激，

我是第一次听到。

是当真。

他们有口他们可从不曾说过这样话。

不嫌我丑，不嫌我脏，

　不以为我是下贱能同我多说两句心上话，

我就永远不会忘记这好处。

我在别人眼中算人这是第一次。

其他的人在他出气以外

　谁有兴致同我说长道短？

我们的交易完了，
交了钱，交了货，通常算完了。
为什么你一定要来同我作一次
　感情上的交易？
人说你傻，一点不错。

不过你的傻处使我有的是
　干干净净的眼泪还你。
让我把这个无价值的眼泪为你来流吧。——
我从不用这个给谁——
　因为别人也就不要——
让我给你永远流吧。

九段

请你抱我。是。
请你用力抱我。
我这是欢喜的流泪。
我是愿意天许我一个机会

死到一个情人手腕上的。

唉，我的弟。

是喔。

在我身上各处亲嘴，我让你。

这样一来那肮脏的过去

全给你这神圣的吻除去了。

我要死，这真是一个很好的机会!

那吗，是吧。

我不明白。

我不明白你这给我的是些什么。

唉，我的——

你怎么啦?

十段

我。是吧。

我是在几年的磨折下受了伤的人，

我皮肤是在磨折下全坏了。
我身体的美是毁到一些有钱的人
　行为上去了。

这里只是一个旧货。
这里只是一个经过许多男子用过的身体，
我不能给你一个处女的好处了。
我不能给你一个处女的天真了。

我先前那样的年青，
这些地方，这些地方……
天却尽把给一个络腮胡子
　糟蹋了我。
如今，我完了，那里还值得你来？

好些地方我是自己也不敢用手去摩了，
好些地方我是看也怕看了。
我在打扮时照镜子就为我这
　消失了的好处伤心。
我那里还能够充二十二岁的女人？

十一段

你看你自己身体是这样薄，这样脆，
何苦来定要——
你身体坏到这个样子，
究竟在平常作了些什么？

天下女人是那么多，
那里值得你这样的在想望中糟蹋自己？
女人是真值得要一个好男子
　想她而消瘦到这样子？
在世界上另一种女人难道真如此难得？

那一个女人不要男人，
那一个女子会真真嫌那对她求好的男子？
你也不要那样忙。
究竟女人能给你什么好处？

要人陪到你睡，
这样子也不是，决不是。

要人爱你，你怎么知道
　别一个地方就没有爱你的女人？
这样不顾全你自己。也只有遇事更悲观。

别哭了，又哭！
听我的话好好把身体弄好。
身体好点你也能给我——
是不是？

让我也好好来抱你一下。
我是从不曾这样欢欢喜喜抱过人的。
在这事上你会对我又要感到失望，
我不会在你面前给你那处女腼腆了。
但我在另一事上可以给你更舒服。

我但求天求神要他保佑你，
在最近你能得到一个好女人。
我是终究不配为你作妻的。
我是私娼，是婊子。

你又不是可以讨姨太太的人，
若我缠在你身边，
把你一切社会地位也毁了。
你年纪是这样小，为什么不可以
　同一个二十岁以内的姑娘要好？

我自己下贱，是命定。
在这个地方碰到了你，
我对这命运就已非常满意了。
我不能够因自己下贱累你难堪。

我不是怕你穷，别说这话。
我还怕穷？
难道我是什么小姐？
我若羡慕富贵在我客人中
　早用心媚别个作姨太太去了。

我要仍然作我这生意。
当然总还有像你这样可怜的人
　我可以救济他。

人生是不拘在什么事情上都可以积德，
我信我这个也未尝不是生活。

你不要以为我是不爱你。
我爱你，你是我第一个爱人。
我不能因为爱你毁了你。
你让我索性把身体贡献给你以外的
　那些可怜的无助的青年吧。

我何尝不为未来打算？
就照我的方法便是顶好方法
　之一个。
我不是故意。
我不是不愿意把我的生活收束一下。

为了爱，
我们分手好了。
我以后是再也不来。
我这话使我自己也中毒难过。

再有一次给他们晓得，
你见到他们便会为他们取笑。
谁说在娼妓中有真实的恋爱？
照到你说的书上的事也就没有好结。

你还是作你的事。
好好的，也不必过分为女人伤心。
天下终有比我好一点的女人爱你。
也不必为我担心，我是懂事的人了。

那里会就永无一个女人欢喜你？
我不信。
到将来实在没有合你意的人，
你可以记着我是爱过你好了。

一个在世界上顶无价值的土娼的爱，
只合在你心上好好收藏。
若是你定要拿来张扬，
那笑你的人就多了。

十二段

是，我不说了！

乖，你睡吧。

把你的手给我按到这一对小鹿上面。

把你的胸脯贴拢来一点。

把你的脸莫太偏，对了。

不要再哭了，

算我是说的全是笑话。

也不要再动了，招了凉不是玩。

太多事了是不适宜于你身体。

戊辰一月于善钟里

死了一个坦白的人

好聪明的家伙，我问你，
你说，你说，
你怎么会来到我们这个世界？
上帝无双的慷慨，
派你来到这个
　占满了苍白色脸子的人间，
带来一个怎样希奇的春天！

多少人从你有活气的生活里，
贫血的脸儿皆不免泛上一点微红。
多少老年人为你重新而年轻，
忘了他头上的白发与心上的灰尘。
活下来你是一堆火，

到什么地方就在什么地方焚烧。
一个危险的火炬，
触着无生命的皆成为生命。
友谊的魔术者，
长眉小嘴女人们最适当的仆人，
一首讽刺时代古怪体裁的长诗。

一声霹雳，一堆红火，
学一颗向无极长陨的流星，
用同样迅速，同样风度，
你匆匆忙忙押上了
　一个这样结实沉重的韵。

你的行为，就只在
　使人此后每次抬起头来，
眺望太空，追寻流星的踪迹，
皆不能忘记你
　这种华丽的结束。

一个夸张的死，

一个夸张的结论！
让那些原来贫血的脸儿，
恢复他固有的颜色。
让那些生成小气自私的人，
到时也不能再悭吝他的眼泪。
让远近无数沉重的叹息，
遮盖你这破碎残缺的肢体。

把你用生命写成的诗给一切朋友，
用文字写成的诗，
给此后凡是认识中国文字的年青人。
在那些一切有血流动的心胸，
留下你一个印象——
　光明如日头，温柔如棉絮，
美丽眩目
　如挂在天上雨后新霁的彩虹。

死了一个坦白的人，
留下多少衣冠绅士。

廿年十一月十九以后，

重新来活到一切年青人的心上。

何其芳浮雕

夕阳燃烧了半个天，
天上有金云，红云，同紫云。
“谁涂抹这一片华丽颜色？
谁有这个胆量，这种气魄？”
且低下个头慢慢的想，慢慢的行，
让夕阳将心子也镀上一层金。

不希罕财富，幸运，和不朽，
也不胡乱想成王成仙，
只有个小小嗜好——并不贪！
记起一句诗，便来低低吟哦，
不用贫俭文字写成，
这诗句，一个陌生女子的眼波。

眼波里写得清清楚楚：
“狂热，把灵魂从地狱带进天堂，
亲昵晕乱与迷惑。”
幽谷中的百合——鲜洁芬芳，
新酿的酒——使回忆成为温暖的力量。

温习那一句荒唐的诗，
面对湛然的碧流。
黄昏黯淡了树林小山，
悄悄的引来一片轻愁。
微明中惊起水鸟一双，
有谁问：“是鸂鶒，鸳鸯？”
“不用说，我知道，
春水已经浸到堤岸丛莽了。”

二月十二日

一个人的自述

我爱旅行，
一种希奇的旅行。
长夜对蓝天凝眸，
追逐一夥[1]曳银光星子
向太空无穷长殒。

我常散步，
举足无一定方向，
或攀援登临，小阜平冈。
或跟随个陌生微笑影子，

1．一夥，原稿如此。疑为“一颗”之误。

慢慢走近天堂。

我有热情，
青春芳馥燃烧我这颗心。
写成诗歌
还将点燃千人心上的火把，
这嘴唇却不曾沾近一个妇人。

我很孤独，
提起时有点害羞。
这人间多少人都是
　　又丑，又蠢，又懒惰，
我心想："上帝，你把这群人怎么办？"
上帝说："他人的事你不用管。"

第二乐章——第三乐章

一

一切在逐渐上升，谦虚而肯定。

在申诉。在梳理。在导引。

　从沉默中随之前行，到沉默中去。

　眼睛潮湿，悲悯彼此同在。

二

如春雪方融，从溪中流去，

　菖蒲和慈菇刚露出嫩芽。

小马跳跃于小坡青草间。

母马啮草徐行，频频回头。

溪水在流，有人过桥，从田坎间消失了。

小小风筝在屋后竹梢上飘荡。

三

流云，流水，和流音——随同生命

同在，还一同流向虚无。

一切在逐渐上升，沉着而肯定。

在申诉，在梳理，在导引。

从沉默中前进，到沉默中去。

你是谁？你存在——是肉体还是生命？

你沉默，热情和温柔埋葬在沉默中。

四

你说这样，那样，作这样，那样，

完全是挽歌的变调。

没有想象，没有悲哀，

没有自己，这里那里让一切占有，

丰富了一切，也丰富了历史的沉默。

没有生命的火还是在燃烧。

正切如一个乐章在进行中，忽然全部声音解体，

散乱的堆积在身边。

五

稍稍引起小部分听众惊愕和惋惜，
大部分却被《闹元宵》的锣鼓声音吸引而去。
这一堆零散声音，
任何努力都无从贯串回复本来。
　绳子断碎了，任何结子都无从[1]
　只是在乐声中遇到每个音响时，
仿佛从那一堆散碎声音中还起小小共鸣。

六

一点微弱的共鸣，终于还是沉寂了。
我是谁？“低能”或“白痴”，这类称谓
　代表的意义，比乐章难懂得多。
　但是他是十分正确的！
一切都隔在一张厚幕后。
我吃喝，我闹小脾气，我堕落，

1．原稿如此，似未写完。

我就是由于“低能”和“白痴”。

七

当我还能正常说话时，
我需要友谊，爱情，和一切好的享受。
我是一个正常的人。
　好听的音乐使我上升，爱人如己。
　教育我说话，用笔，作事，
都有腔有板。文字在我生命中，
正如同种种音符在一个伟大乐曲家
　和指挥者手中一样，
敏感而有情，在组合中见出生命的洋溢。
它如水，可以浮沉大舟到它应到终点去。
它如火，可以燃烧更多待燃烧的生命。

八

我现在，我是谁就不知道。
向每一个熟人鞠躬，说明不是一道。
向你们微笑，因为互相十分生疏，
　而奇怪会在一起如此下去。

向你们招呼，因为可以增加生疏。

一切都不可解，却始终得这样继续下去。

九

什么号角在吹？银角或海螺已难分辨。

什么鼾呼在□[1]？是收音机还是

——

什么都完了，收音机哑哑的在我面前。

1. 原稿空缺一字。

从悲多汶乐曲所得

——“我思，我在。一切均相互存在。
我沉默，我消失，一切依旧存在。”

当我完全放弃了思索，随同
一个乐章而进行复进行时……
便觉得生命逐渐失去了约束，
在分离，在融解，随乐曲音流作无边际泛滥，
如一泓清冷，奔湍急瀑，凿谷陵涧而前。
节律引我上升，我上升，
节律引我下降，我下降，
人类一切素朴真理和透明智慧，
通通被译成节奏与旋律，
于反复发展中，将生命

由烦躁、矛盾，及混乱，
逐渐澄清莹碧，纯粹而统一。
领会了人生，认识了人生，并熟习
人生中辛苦二字的沉重意义。
也使我于这种种锻炼后、经验后
复一例忘掉，为时间所带走。
只记住一个原则，
将一切情感的挫折，
肉体的痛苦，一例沉默接受，
回报它以悲悯的爱。
感觉世界广大和长远，
凑巧共同活于这个时代中的应有的关怀。

因之面对窄门，从一线渺渺微光中，
看到千万人民在为他人，为后代，
依照那幅同一形式蓝图，
创造一个新的时代，新的世界。
有哭泣歌呼以及万千种不同存在，
于地面各处促成变革和进步。
即因这个新和旧的交替，

有万千种死亡和新生。
也仿佛重新看到自己，
如远镜中窥望一颗似熟习实陌生的星子，
从一个远遥遥时代，
即因为一种愿望，一种压迫，
一种由内而来或从外而至的力量和吸引，终于
　与天穹列宿大循环完全游离，
独自孤寂向黑黢黢空虚长逝，
用自己在时空中和大气摩擦所发生的微光自照。
终于复为大力所吸引，所征服。
又深深溶会于历史人民悲喜中。

理会作曲者生命之矛盾和复杂，
情感燃烧，充满烟焰和强猛爆裂。
将乐章完成时那种生命的疲乏，
于疲乏中面对眼前一叠曲谱，
曲谱中有红蓝细小符号勾剔，
象征生命在行进中，在发展中，
由无秩序的纷乱，
如何进而成为连续的旋律与节奏。

心中十分柔和，与世调和而谐同。
如久病新瘥，双眼莹然四顾，
即依稀如闻过去爱人或好友的召唤低呼。
又如闻病笃小儿，于高热中胡言谵语，
　有对于死亡本能的厌恶和恐怖，
小小手掌热如火灼，
不能离开母亲。
母亲却以憔悴低声于床边应答。
一切温柔而痛苦回音来自远处，来自往昔，
并带来儿时熟习的杜鹃声，水车声，
　庄稼成熟蚱蜢振翅声。
如见流星划空驰过，
萤火虫依依身前，
纺织娘声音如春雨繁碎。
我深深懂得一章乐曲对于
　一个成熟生命所施的深刻教育，
为的是作者必然先有对万物深爱，和
　　荣枯彼此关联的觉醒。
或有长眉秀目，小腰白齿，
恩怨得失作成的

彼此相争，彼此相妒，

彼此相学，彼此相左的种种。

或有权利的残暴和弱者的呻吟，

朱门管弦和饥寒交迫无望无助形成的对照。

如此如彼人事的多方，

教育了那个作曲者，

方能把生命转译成一片洪壮和温柔。

代替了春风春雨，与土地亲和，

泽润万有百物，彼此默契。

即相去千年万里，

心和心犹毫无时空遮隔，

共同分担希望悦乐和重生喜欢！

在乐曲的发展梳理中，

于是我由脆弱逐渐强健了，正常了，单纯了。

三三[1]，你如自信已奋迅而前，上了大路，

你带我走好。十六年中

1．三三，作者对妻的称呼。

　　你的勇敢和你的单纯，
及一种农村本质的素朴，
对于我本是一面旗帜，
永远在春风中泼泼作响，
我认识那符号十分清楚。
我为了你而忍受一切，
在生存中接受种种试验。
重新向现实学习，
得到了比任何人都多的一分。
于弦管参差众音齐鸣，复杂进展中，理会到
　　你和孩子的单纯与正直的意义。
因人事动静倚伏，
反得回了无求无惧的谧静，
也发现了自己本来，
负气和褊持，终究只是一时闭塞。
失去方向的风筝，被罡风
　　高高送入云中，已不辨来处归处，
四下求索寻觅，
只发现游离四散的破碎。
音乐比一切缥缈，却也比一切

更具强大启示与粘合，
将轻尘弱草重新凝固坚实。
它代替了你的希望，你的理想，
因此对我一切的善意谴责，
也代我作种种说明和申诉。
它分解了我又重铸我，
已得到一个完全新生！

音乐实有它的伟大，
即诉之于共通情感，
比文字语言更公正，纯粹，
又充满人的友爱和至情。
它使我明朗朗反照过去，
看到吴淞操坪中秋天来
　那一片在微风中动摇的波斯菊；
青岛太平峪小小马尾松，
　黄紫野花烂漫有小兔跳跃，
　崂山前小女孩恰如一个翠翠；
达子营枣树下大片阳光，
　《边城》第一行如何下笔；

凡事都在眼底鲜明映照，

…………

我接受了爱，接受了人生，
测验了生命的涵容和深度。
从总和中学习了一课辩证法。
是是非非便织成一片锦绮，
音乐为洗濯复洗濯，
保留下自然织物一角的光泽和奇美。

音乐停息，十二点已过半。
一切已结束，一切正起始。
我第一次发现在人间真正的谦卑，
且在你面前更如何渺小，
然而却存在，很真实贴近了地面。
宇宙本涵容博大，有万万
　星宿各在相关约束下旋转，
惟偶然意外，方有一点寒光，
恰恰照耀人眼里一瞬，
随即是永远旋转，旋转，
直到化成千万亿流星如雨。

面前“一刹那”和“永恒常住”，
都说明人寄身于其间，
为理会荣辱爱怨，实百年长勤！

一九四九年九月中北平

旧体诗

庐山“花径”白居易作诗处

诗人喜幽独，拄筇乐攀登，
不辞跋涉苦，还惊老眼明。
山泉鸣玉磬，夭桃迎早春。
眷眷如有怀，妩媚自成妍。
清琴鸣一曲，浊酒再酌斟。
缅怀庐山会，难觅栗里人，
时遇共寂寞，生涯同苦辛。
两贤不并世，各保千秋名。
佳诗亲人民，人民怀念深！

一九六一年十二月十二日

参观革命博物馆

逆流淹邦国，万民同悲愤，
不忍俱沉沦，殷忧能启圣。

红旗竖井冈，力弱气势旺，
三户尚亡秦，何况千丁壮。

三楚多俊彦，四海本一家，
星星燎原火，燃起满天霞。

游赣州八境台

赣州古名都，万屋栉比连。
八境寓游目，继踵慕前贤。
遥接郁孤台，缅怀辛幼安。
节麾拥万骑，横江多楼船，
旌旗耀云日，精甲足壮观。
方期复中原，血战龙蛇翻。
王命停征伐，轻裘入市廛，
举觞乐父老，同歌大有年。
玉虹来天外，笔立大江边。
借此抒壮怀，佳句至今传。
历时八百载，城障尚完坚；
登高多古意，风铎鸣悠然。
巍巍崆峒在，江水碧接天。
双江会合处，千帆自往还。

观《西域行》

报国奋投笔，壮怀千载传，
合众孤强敌，功在卫霍前。
秉笔承先志，汉史留遗编，
宫中尊师傅，严辞警腐顽。
取舍各有得，忠荩尽其天。

大漠驰驱久，卅载拥毡裘，
功成归来日，兄妹俱白头。
新词发彩毫，壮秀才思深，
凤音哳碧空，惊起梁间尘。

白玉兰花引

——书永玉木兰卷

夜半有虫频扰我，
翻覆难作伏枕卧。
引思深感生命奇，
还忆海月车轮大。
同观奇景五七人，
闻才雄杰杨稳妥。[1]
豪情举杯能三续，
兴至攀登足忘跛。
余子鼾鼾酣梦足，
酒足饭饱惟痴坐。
内中还有“假洋人”，

1．指闻一多、杨今甫。

手离扑克心难过。
时闻啄木声断续，
屋角“道士”唯烤火。
悬岩千丈削精铁，
白玉兰花十万朵。
花落藉地铺银毡，
谷中青鸟鸣一个。
如此清寂绝尘凡，
触事会心证道果。
动静得失各有由，
是非两忘决不可！

白云簇簇海上来，
双鹿云车瞬息过。
中有仙子拟天人，
大石磐磐幸同坐。
白鹄宛转延素颈，
绿发茸茸草梳裹。
秀眉明眸巧盼睐，
翠羽珠珰故消堕。

来不言兮去不辞，
微笑低鬟心印可。
山精木魅次第逢，
身披木叶心如裸。
每逢清流濯素足，
时摘山樱邀同嚼。
蜀中文君足风流，
三湘游女□□□[1]
山花村酒难醉人，
罗刹波斯易接火。
遥闻凤音唪碧空，
只余轻风梳松过。
乐闻青鸟自呼名，
厌听山魈热“亲啵”。
幽谷百合独自芳，
路旁萧艾易同伙。

1．原稿破损缺三字。

日月不停走双丸，
如烟成尘永相左。
海市蜃楼难重期，
不如返回园中
　锄土翻泥自栽人参果。
因此感奋忘饥渴，
用勤补拙不怕挫。
成名成家何足云？
愿思愿想能爱能嫌真恼火！
九霄清寒冷澈骨，
始终不偏木兰柁。
《绿玉》[1]青春永不磨，
无人能知来自那？
旧事倏忽四十年，
记忆犹新唯有我。

春来玉兰花争发，

1．《边城》英译名。

白中微碧怯抚摩。
对之默默曾相识，
盈盈美目注澄波。

白鸽双双出雾中，
芳草芊绵门不锁。
碧莲花开散清馥，
辛荑苞发紫纱堕。
春波溶溶青苔湿，
兰芷芬芳沁
　棘矢贯虱如中垛。
屈原宋玉
　所经所遇感印有浅深，
弱骨丰肌小腰白齿宜有人。
虹影星光或可证，
生命青春流转永不停。
曹植仿佛若有遇，
千载因之赋洛神。

梦里红楼情倍深，

林薛犹近血缘亲。
艺术自有千秋在，
得失荣枯不因人。
秦皇汉武帝业传千古，
熟习花性重园丁。
芍药成把能应市，
处方必用金银藤，
入土不必深一尺，
到时红紫即缤纷。
园中玉兰花争发，
琢玉镂银占早春。
日集观众逾十万，
总觉益人增精神。
不因偏院雨露少，
只缘入土植根深。
顽童劣女好戏弄，
总欲攀折逞私心，
终因万目耿耿在，
终还缩手去悻悻。
珍卉名花植匡庐，

盛名天下久著闻。
遥知繁郁将万种，
不因倏忽付樵薪。

漓江半道花马岩

桂林出阳朔半道

穆王西游忘归久，
八骏散辔碧潭滨，
千峰铁色如奔赴，
谷中青鸟自呼名。

漓江半道

所见景物

绿树蒙茸山鸟歌，
溪涧清润秀色多。
船上花猪睡容美，
岸边水牛齐过河。

读贾谊传

贾生多才俊，英气殊纵横。
不明大政理，终还年岁轻。
陈辞多慷慨，文章具锋棱。
急于求自见，惟希早飞腾。
终致诸臣忌，远宦湘江滨。
长年伤淫雨，夏日苦炎蒸。
虽为王子傅，郁郁总不平。
作赋悲鹏鸟，临江吊屈原。
缺少庄生达，后人悲过秦。

九月十八日阴雨袭人房中返潮，
行动如在泥泞中，亦□□□[1]。

1. 原稿破损缺三字。

书少虞剑

（故宫珍品之一）

地利发金锡，举世重南金。
吴越多名工，炉冶久著闻。
良匠欧冶子，众工艺特精。
干将贤夫妇，竟传以身殉。
金玉相辉煌，宝剑值千金。
二千五百载，至今锋铓新。
庄生如有见，称“新发于硎”。
铅刀只一割，利器常若新。
老冉亦楚人，世故阅历深，
说“佳兵不祥”，意宜有所凭?
荆楚称霸后，天下重短兵。
吴越为降虏，奉璧系辕门。
主骄臣谄谀，天下莫我尊。

时势常有异，剑长竟及寻。
屈子佩陆离，亦复自喜欣，
实只供玩赏，自卫亦徒云。
秦并巴蜀后，楚境已比邻！
郢都一失陷，转复迁寿春。
吴戈与犀甲，士气已不竞，
连战总败北，终覆灭于秦。
宗社无己屋，楼基尽圮倾，
苑囿鞠茂草，禾黍油油生。
哀郢怀故都，难禁泪纵横。
遥遥二千载，文惟传楚声。